현대시세계 시인선 122

어디서 어디까지를 나라고 할까

조용숙 시집

어디서 어디까지를 나라고 할까

조용숙
시집

도서출판 북인

시인의 말

태초의 웅녀처럼
빛도 없는 동굴 속에서
한동안 엄마라는 이름으로 살았다
외할머니가 살았던 그 모습 그대로
엄마가 또 그렇게 살았던 것처럼
나도 그렇게 살리라 결심하면서

인생은 어떤 예고도 없이
동굴을 전소시켰다
그때 알았다
동굴은 우리의 상상이 만들어낸
신화에 불과하다는 사실을
동굴 밖은 때맞춰 빛과 어둠이 찾아왔고
그 사이사이 눈보라와 비바람을
몰아왔다

그래도 나는
한번도 신을 믿지 않았으므로
기대 설 곳을 구걸하지 않았다
그냥 어린아이처럼 해맑게 웃으면서
무럭무럭 늙어가는 중이다

2020년 10월
조용숙

차례

2부

3부

4부

1부

나이테

1.
가슴팍이 쩍쩍 갈라진 당산나무를
죽을 힘껏 껴안았다
나무를 칭칭 감고 있던 비단뱀 한 마리
내 몸속으로 들어왔다
추운 겨울 내내 얼어붙은 몸속에서 꿈틀거리더니
이른 봄만 되면
나는, 시퍼런 물을 게워내며 입덧을 한다

2.
언제 튀어오를지 모를 용수철을
제 안에 꾹꾹 눌러놓느라
썩어 도려낸 가슴 한 쪽에 돌멩이를 채워넣은
당산나무도
바람 앞에서는 온몸을 부르르 떤다

녹는점

아침마다 거울 앞에 서서

흘러내리는 뱃가죽을 바지 속에 쓸어 담으며

솟구칠 줄만 알았던 열망들이

평안으로 돌아가는 길을 본다

내가 알던 백네 살 할머니도

그렇게 흘러내렸던 거라

가슴에서부터 흘러내린 살가죽이

배꼽 아래까지 흘러내려와

생의 욕망들이 파놓은 욕창 하나를

가만히 쓸어 덮고 있었다

서슬 퍼렇게 날이 서 있던

성질머리도 녹아내려

흐물흐물 흘러내리는 중이었다

위로 솟구치기만 했던 생의 뿌리를

아래로 아래로 끌어내려

지난 허물들을 덮어주고 있었다

물구나무서기

아들 셋에 딸 하나
우리 사남매 가운데 돌림자가 용이다

둘째까지는 아들일 줄 알았다며
눈물을 흘렸다는
내 탄생의 비밀을
끝내 인정하지 않은 아버지가
아주 진보적으로 딸 이름에 붙여준 돌림자

마지막 한 글자는
순하게 살라는 엄마의 염원을 존중하여
여자 이름에 단골처럼 붙였던 순인지라
용순이를 선점한 친척 덕분에
나는 ㄴ이 뒤집어진 ㄱ이 붙어 숙이 됐다

운명처럼 이름값 좀 하며 사느라
젖내 가시지 않은 네 살부터
나 떼놓고 산에 약초 캐러간 엄마
보란 듯이 메밀밭 육백 평 몽땅 쥐어뜯어
싸낙빼기로 불렸다

눈치만 뻔했던 여덟 살
장에 가면 꼭 끈 달린 운동화 사다달라
새끼손가락 걸고 잠든 다음 날
간밤에 장사꾼들이 물에 다 떠내려갔다더라
허황된 이야기를 지어내는 엄마 앞에서
가난한 살림을 발칵 뒤집었던 거라

텃밭 매던 엄마
억울하게 마당에 무릎 꿇린 열한 살
할머니 앞에서 딸자식 잘못 키웠다 비는 엄마 손
잡아끌어 나랑 같이 죽자
굴뚝 뒤에 숨겨둔 농약병 따들고 설치다
솔가지 한 다발 다 부러질 때까지 두들겨 맞은
맷집으로

온갖 세상풍파 다 견뎌낸 지금도
평소엔 순둥순둥 웬만한 것은 잘 받아넘기는
순한 성품이다가
한번 이치에 어긋난다 싶으면
여과 없이 발랑 뒤집히는 천성이라니

천 년을 물속에서 견디다
승천 순간을 들켜 이무기가 되었다는 용처럼
무심히 내 삶의 의지를 배반하는 사주팔자 앞에서는
태초에 엄마 뱃속에서 익힌 발길질로
똑똑히 보란 듯이
하늘을 향해 발차기를 날린다

엄마를 팝니다

역시즌 초특가입니다
정품으로 제작되어 산골에서 평생
한 남자만 바라본 한살림 유기농입니다

팔십 평생 삼시 세끼 갈고 닦은
음식 솜씨는
입맛 까칠한 손자와 다이어트 중인 며느리까지
밥 한 그릇 마파람에 게눈 감추게 만드는
손맛입니다

홀시어머니 10년 똥오줌 수발해 받은
효부상 하나
며느리들 부담줄까 싶어
장롱 깊숙이 숨겨둔 쑥맥이라
뒷주머니 챙길 걱정은 안 해도 됩니다

죽는 날 받아놓은 웬수 남편
혼자 두고 돌아설 수 없어
옆 침상에 누워 이승 떠나는 날까지
보살핀 의리파입니다

에미 입에서 산소호흡기 떼라는 말로
새끼들 불효자식 만들 수 없다며
동네 할머니 몇 꼬드겨 연명치료의향서 서명하는
LTE급 판단력은 기본사양입니다

요즘 뭔 바람이 들었는지
내 비록 늙은 몸이다마는 나 하나 부잣집에 팔아
너희 사남매 걱정 없이 살 수만 있다면
나는 어떻게 되든 상관없다

당신 먼저 가 있으면
뒤따라가겠다고 한 몇 년 전 약속은
자식들 핑계로 오리발 내민 지 오래입니다

비록 외형은 말라비틀어진 곶감 같지만
무릎 꿇고 꽃다발 바치며 청혼 반지 끼워줄
황혼의 로맨티스트 앞에서는
스무 살 볼 빨간 소녀입니다

사용설명서를 준비하지 못해 따로 덧붙이자면

소화력이 떨어져 음식값은 크게 걱정 안 해도 되고
크게 누려본 적 없어
오일장이나 축제에 나오는 각설이 품바 공연이면
꽉 다물렸던 입이 한껏 벌어지니
유지 비용도 아주 경제적입니다

농사일에 약초까지 캐서 사남매 잘 건사하느라
무릎관절 목디스크 척추협착증까지
유효기간은 장담할 수 없지만
남은 시간 AS 가능하고

세상에 둘도 없는 효자 큰아들
엄마 일이면 무조건 만사 제치고 달려오는
육군 상사 막내아들
잘 생기고 능력 있는 둘째 아들
그리고 좀 모자라지만
엄마 마음 잘 헤아리는 무명 시인 딸 하나
모두 덤입니다

서두르세요
시간이 얼마 남지 않은 한정판입니다

대칭적으로

그다 문명적이지 못한 나
4차 산업혁명을 팔아 글밥을 번다
기름밥이 싫어서
채식만 고집하는 나의 까다로운 식성을
전혀 고려하지 않은 밥벌이다

디지털 세상을 아날로그로 풀어내느라
하루 종일 자판 위 활자들을 끼워 맞추다가
발작하듯 바다로 이탈한다
바닷바람으로
싱거워진 삶에 간을 맞추고
쥐꼬리만 한 원고료로 놓친 허기를 채운다

허겁지겁 삼킨 허기가 답례로 보낸 알레르기는
머리 굴리지 말고 땀 흘려
밥을 벌라는 경고일까
발바닥에서 시작된 가려움증이
손바닥을 거쳐 배를 휘돌아 등으로 옮겨 다니며
시원始原의 유산을 깨워낸다

퇴화된 감각에서 꺼낸 소 울음소리에 맞춰
손톱 세워 밤새 내 몸을 개간한다
산 너머 뻐꾸기 소리 장단을 맞추고
겨우내 얼어붙었던 개울물 소리 봄을 불러낸다
철들면서부터 죽어라 도망쳐 나온
농경시대로의 귀향

아비가 빚보증으로 날리고 간
땅 한 평 없는 도시 주변 언저리에서
손톱에 잔뜩 힘을 주어
내 몸에 고추 심고 콩 심을 이랑 만들어
밤마다 가슴 속 묵정밭을 일군다

내 시의 레시피

무엇을 주문하시겠습니까?
이런 멘트를 기대하셨다면
다른 식당을 이용해주시기 바랍니다

제가 즐겨먹는 요리는
양식 한식 중식 일식 닥치는 대로 먹고
나름 잘 소화시키는 편입니다만
남의 요리를 흉내 내는 기술은 없습니다

제가 선보일 요리는
지연에서 따온 바람과 이슬 맛을
최대한 살린 날것이라
처마 끝 고드름이 어금니 사이에
낄 수도 있습니다

장미꽃으로 돈다발을 만들거나
두루마리 화장지에 콧김 불어넣어
비둘기 날려보내는
믹싱 기술은
흉내도 못내는 그냥 토종입니다

풍미와 향을 돋워주는 톡 쏘는 향신료나
오감을 깨우는 조미료도 쓸 줄 모릅니다

혹, 집밥 그리우면 언제라도 편히 찾아오세요

참나무 숯불에서 막 구워낸 굴비 한 마리
할머니 손맛에 푹 삭은 된장에
원만한 것은 다 품은 호박잎 쌈도 올리겠습니다

자연이 준 가정식 요리를 먹고 자랐어도
어디 가서 크게 버릇없다는 소리는 안 들었습니다
그 음식 먹고 크게 앓아누워본 적도 없습니다

까짓 아껴둔 씨암탉도 잡아 드리지요 뭐

위대한 유산

당산 기도 삼 년 만에 세상에
나왔다는 아버지
어느 별에서 떠돌다가
시골 아낙의 간절한 기도에 헛발 디뎌
세속으로 낙하한 하늘의 아들이었나?
온누리에 사랑과 친절을 베푸시니
항상 주머니를 가벼이 여기셨다
그러다가도 문득문득
고향에서 들려오는 하늘의 음성을 들었는지
집 안 깊숙이 숨겨둔 인감도장을 찾아내어
보증을 구걸하는 사람들을 위해
은총을 베푸사
밀린 십일조를 한꺼번에 헌납하셨다
가난한 자는 복이 있나니
천국이 저희 것이로다
취중에 십일조를 바친 나일론 신자 아버지가
남은 재산을 몽땅 들어 받치고
귀향길에 오르시니
이 땅에 남겨진 자식들에게
싸움의 불씨가 될 유산 대신 빚만 남기신지라

삼우제 치르고 상속포기 각서부터 작성하니
홀로 남은 엄마에 대한 효성으로
온누리에 평화와 우애가 가득하였다 하더라

가을 연병장

김장용 고추가
탄저병 걸려 다 예비군복으로
갈아 입었시야

군기 빠진 고추들이
늙어 힘 빠진 엄마한테 반기를 든다

분기점

급경사 길에서
운전석 앞에 놓아둔 하이패스 단말기가
바닥으로 나동그라졌다
잠시 갓길에서 몸을 숙여
손으로 바닥을 훑는 사이
가슴팍에 눌린 기어가 주차 모드에서
드라이브로 자리를 바꾼다
순간 내 안에서 해방된 마음이
제각각 서로 다른 방향으로
급정거하는 사이
생의 한나절이 속절없이 흘러간다

받아쓰기

추석날 오후
혼잣말을 되뇌는 엄마
니들 외할머니 성묘는 다녀갔것지
외할머니 성묘는 꼭 해야 쓴다
니들 사남매 다 니 외할머니가 받았어

큰애 너 듣고 있냐
너 낳을 적에 산도는 작은디 애는 크고 워쩌것냐
니 위로 죽은 자식을 둘이나 쏟았으니
외손자를 살려야 딸자식이 살것다 싶었것지
그래서 사금파리로 좁은 산도를 쫙 찢은겨
큰애 너 낳고 얼마나 쓰라리고 아프던지
한 이레는 쭈그려앉을 때마다 애를 또 낳는 것 같더라

워디 그뿐인 줄 아냐
장손 집안에 시집와 애도 하나 못 난다고
시집살이를 얼마나 시켰것냐
백마강 난간에 서서 강물을 빤히 보는디
울고 있는 니 외할머니 얼굴이 강물 위에 떠 있더라
그래서 못 죽고 돌아왔어

딱 칠 년 만에 목숨 걸고 아들 하나 겨우 낳았는디
고생했다는 말은커녕 순 꽁보리밥만 주니께
니 외할머니 마음이 또 워쩌것냐
사부인! 혹시 쌀 좀 없슈
독일 간 아들 치성 드릴 것밖에 없는디유
니 외할머니 딸 가진 죄인이라
암 말도 못하고 조용히 돌아서더니 날마다
쌀밥 한 그릇 품에 넣어와
나한테 멕이는겨

다 부모 맘이었것제
그땐 엄청 아프기만 했는디 지금 되돌아보니
니 아버지랑 밤을 십수 년이나 보내면서도
단 한번도 좋은 걸 몰랐응께
아마 그때 큰애 너 낳은 채로
둘째 셋째 넷째 낳고 그라고도 둘은 더 흘렸으니
뭐가 더 있었것냐

반환점

창밖에 도착한 아침은
암막 커튼에 의해 수신 거부됐다
밤을 길게 연장한 어제는
머릿속에 들어앉아 바느질을 했다
전기 매트의 온도를 비웃는 발은
여전히 빙하기를 증언했고
외제 차를 타고온 거짓말들은
버터 바른 김치 냄새를 풍겼다
부자연스런 조합 앞에 펼쳐진
레드 카펫의 유혹에
가슴에 품고 있던 밥그릇마저 내던지고
TV 브라운관 속으로 옮겨 앉던 날
어딘가에서 새어나오는 울음소리
진실이란 것이 있긴 했었니?
왜 이러는 건데 진짜! 찌질하게
도처에서 이별이 출몰했지만
아쉽게도 나는 소설가가 아니었으므로
드라마 주인공의 대사를 바꿀 만한
어떤 재주도 없었다
그때 빨래 종료를 알리는 세탁기 경보음이

지난 여름의 열기를 하수구로
흘려보냈다 그 후에도 방안에는 한동안
열기와 어둠으로 가득 차 있었다

태몽

숲에서 날아온 잿끼 한 마리 내 품으로 날아왔는디 한쪽 날개를 다쳐서 날지를 못하는겨 다친 날개에 빨강 파랑 천을 묶어 다시 날려보냈더니 구름을 뚫고 하늘로 솟구치더라 그 꿈을 꾸고 니 오빠를 낳았어

아장아장 걸음마를 시작혔는디 저 건너 형준이가 니 오빠를 번쩍 들어 낭떠러지로 내동댕이친겨 칠 년 동안 애를 못 났다가 겨우 니 오빠 낳고 니들도 태어난 것인디 니 오빠 그때 잘못됐으면 나도 밥숟가락 놓았것재 다행히 조상님 은덕으로 어깨만 부서지고 살아났더라

그때 병원에서 니 오빠 어깨에 인공 못 하나를 박아넣었는디 오 년 후에 빼주라는 걸 입에 풀칠하기도 힘들던 시절이라 고걸 못 빼줘서 그 못이 내 가심에 박힌겨 그랴서 지게 지는 농사꾼으로는 살지 말라고 내 뼈가 다 바스러지는 것도 모르고 니 오빠 뒷바라지를 혔다

봄부터 겨울까지 창출 캐고 잔대 캐고 고사리 뜯어 니 오빠 뒷바라지를 한겨 니가 왜 오빠만큼 안 갈쳐줬냐고 따져도 내 할 말은 없다만 지금 니 오빠가 저렇게 비행기 타고

외국 돌아댕기는 관광 일 하는 것도 다 태몽풀이하는겨

근디 그 뭐시기 코로나라나 뭐시기는 원제 끝나는겨? 니 오빠가 다시 비향기 타고 하늘로 솟구칠 때가 됐을 거인디 말이다

어떤 주례사

사랑하는 사위와 딸아
내 몇 가지만 당부한다

아이들 맡기고 둘이 몰래 여행 가거나
맛집 탐방하지 말거라
친정이나 시댁에서 자발적으로
해주는 것 외에는
절대 먼지 한 톨도 가져가지 말거라

매월 생활비 보태달라는 말은 하지 않으마
눈치껏 우리 생일이나 명절 기념일은
꼭 챙겨주길 바란다
선물은 반드시 현금으로 하거라

사랑하는 사위와 딸아
아이는 힘닿는 데까지 낳거라
애국하는 길이다
네 애들은 꼭 어린이집에 보내거라

우리 선물 사기 싫어서

현금 없다는 핑계 만들 생각은 아예 말거라
내 그럴 줄 알고 신용카드 체크기도 준비해놨다
약속하다 말어라
손자들 용돈은 우리가 꼭 챙기마

엄마

시골 처녀는
얼굴 한번 못 본 약혼자와
혼인 사흘 앞두고
고개 넘어 은산으로
머리하러 갔댄다

해지기 전에 돌아오려고 서두르는데
떠꺼머리 총각은
온갖 핑계 다 끌어모아
시간을 끌더란다

재 넘어 돌아오는
호랑이 나올 것 같은 산길에
약속이나 한 듯이
어둠이 깔리더니
떠꺼머리 총각 입고 있던 셔츠가
낙엽 위에 깔리더란다

산짐승들이 다 지켜보는 산중에서
여자를 도둑맞은 시골 처녀는

오십 년 넘게
사남매의 엄마로만 살았다는디

저승 가는 날 받은
떠꺼머리 총각
내가 먼저 가서 원앙금침 깔아놓을 테니
꼭 다시 만나 예쁜 첫날밤 치르자고
반세기 만에 프러포즈를 하더란다

생애 첫 프러포즈를 받은 날
비로소 산에서 내려온 시골 처녀는
딱 삼 년만 기다리라고 한 약속을 번복하면서
아직도 멋진 첫사랑을 설계 중이란다

엄마의 꽃밭

엄마 생일 턱밑에 두고
서둘러 먼 길 떠난 아버지 제삿날
엄마 생일 얘기가
향불처럼 제삿상에 넙죽 올라온다
아버지 병상에 달라붙어 있던 엄마

여보 내 생일 선물 뭐 해줄 건데?
당신 생일날
꽃 사준다는 약속 못 지켜 미안해
지금 내가 해줄 수 있는 건
당신 생일밥이라도 같이 먹어주는 거여

엄마는 당신 홀로 맞은 첫 생일날
흰 국화 한 다발 아버지 자리에 얌전히 꽂아놓고
추석 차례상 대신
아버지 삼우제 제사상을 차리셨다

니 아버지와 함께 먹는
마지막 생일상이라 그런지 유난히 맛나구나
앞으로는 꼭 호강시켜주겠다고

평생 뻥친 니 아버지
생일밥 같이 먹어준다는 약속 하나는
칼같이 지키는 것 좀 봐라

해마다
보름달이 여물어가는 추석 무렵이면
누가 챙겨 보냈는지
엄마의 꽃밭엔 온갖 꽃들이
무장무장 피고 진다

난공불락難功不落

어느 집에서는
잘 훈련된 개 한 마리를 키운다

주인한테 한번씩 달려드는 식솔들 앞에
주인은 키우는 개를 풀어놓는다
개는 주인이 던져주는 뼈다귀를 받아먹기 위해
무엇이든 시키는 대로 물어뜯으며
식솔들의 목줄을 쥐락펴락한다

공공의 적이 된 개는
아주 가끔씩 주인이 집을 비우는 날이면
배고픈 식솔들의 발길질에
걷어 채이면서도
속이 빤히 보이는 애교를 선보인다

개 목줄을 쥔 주인은
자기 앞에서 고분고분 꼬리를 흔드는 개가
세 쌍둥이와 큰딸을 위해서라면
섬기던 주인도 물어뜯을 수 있다는 사실을
전혀 눈치채지 못한다

2부

초대

이 가을
핑계가 먼저 도착했다
백지 편지봉투를 받아들고 호들갑 떠는 연인들처럼
가을은 텅 빈 눈망울을 가진 사람들을
모두 작가로 명명했다
밤마다 새로운 이야기가 습작될 것이지만
어떤 누구도 그 이야기 속으로 걸어들어가는
기적은 일어나지 않았다
퇴고될 수 없는 사연들만이
주머니 속 호두알처럼 굴러다녔고
끝내 출판을 거부당한 나뭇잎들은
활자가 되어 이리저리 흩날렸다

비눗방울놀이

발이 허공을 딛고 서 있다
얘야 그곳은 안전하지 않아 얼른 땅으로
내려오지 않겠니?
자신만의 궁전으로 회귀한 아이는
아무 소리도 듣지 못한 채
바람의 리듬에 맞춰
혼자 노래 부르며 춤을 춘다
깃털보다 더 가벼운 춤은
너른 벌판을 품었다가
뜬구름을 잡았다가
접혀 있던 한 세계를 펼친다
나비놀이에 싫증을 느낀 아이가
당장 꺼져버릴 것 같은
물거품 속에서 나를 빤히 쳐다본다
얘야! 본래 네 고향은 바다였어
다시 바다로 돌아가고 싶은 거니?
나도 할 수만 있다면
너를 다시
네 고향으로 돌려보내주고 싶단다
바다에서 너를 건져내는 법만 알았지

돌려보내는 법을 아직 모른단다
지금 네가 놀고 있는 그곳엔
무지개가 떴구나 얘야
무지개다리 끝에 가본 적이 있니?
아이를 향해 손을 뻗는 순간
엄마 부르는 소리가 달팽이관을 휘감는다
안방 창문에 정박해 있던 하늘이
지평선 끝으로 밀려나면서
나를 바닥으로 힘껏 끌어당긴다
책상 위에 펼쳐놓은
짜라스투라가 환하게 웃는다

식물공장

거대한 제트엔진이
토굴로 들어가는 문을 열어준다

저희 공장에 오신 걸 환영합니다.

외부 접촉이 전부 차단된 채
새로운 환경이 세팅된다
14층 토양에서 뿜어내는 공기가
열대야 병충해 같은
토굴 밖 악천후들을 모두 삭제한다
프로그램에서 재부팅된
햇빛 온도 같은 최적의 생장조건들만
마우스 커서를 따라 바삐 움직인다
새로운 자연이 창조되자
다양한 야채들이
클래식 음악을 감상하며
우아한 춤을 춘다

원하는 제품을 주문해주시면
맞춤형으로 재배해 드립니다

저의 공장 식물들은
자연의 변덕에서 자유로운
저항 없는 환경에서 생산됐습니다

인공지능으로 설계된
광합성 시간에 맞춰
태양광이 주문한 물과 각종 영양제가
뿌리를 타고 속속 배달된다

봄을 기다리며

겨울은 이미 만삭이었습니다
출산이 임박한 상태에서
산파를 불렀습니다
그리고 태명도
동백, 개나리, 진달래로 지었습니다
겨우내 먹을 것이 풍족하지 못해서
입덧을 챙겨주지 못한 것이 마음에 걸렸지만
그래도 노랑 빨강 분홍 초록색
아기 옷을 준비했습니다
역시나 난산입니다
좀처럼 머리를 내밀지 않더니
드디어 울음을 터트렸습니다
의사가 땀을 닦는 사이
간호사가 아기 엉덩이를 찰싹 때렸습니다
아기 울음소리 한번 우렁찹니다
그런데 이걸 어쩝니까
전례 없는 코로나19 기형아를 출산했습니다
금세 온 집안에 함구령을 내리고
숯과 고추를 끼워넣은 금줄을 현관 앞에 쳤습니다
샘낼 것이 따로 있지요 그날부터 집집마다

온통 신생아 울음소리로
세상이 소란스러워졌습니다
그런데 울음소리만 들려올 뿐
누구네 집에서 득남을 했는지
득녀를 했는지 도무지 알 길이 없습니다
다들 귀신이 자기 아기 업어갈까봐
문을 꽁꽁 닫아걸었습니다
온 세상에 다 금줄이 내걸리면서
지구에도 균열이 생기기 시작했습니다
기우뚱

그날이 오면

1년 계약직 사회복지사 면접
합격자 발표날

소녀에게는 아직 한 달 반의
실업급여가 남아 있사옵니다
한껏 여유를 가장한 얼굴로 꼭두새벽부터
합격 통지서를 기다린다

떨어지거나 붙거나
알 수 없는 변곡점 앞에서
1년 시한부 수인을 자청하며 스스로를
가두는 시간

탈옥을 꿈꾸기엔
대출 고지서를 피해 몰래 숨어 있을
비밀의 방이 나에겐 아직 없다

팬데믹

처음에는 중국 대륙 한 귀퉁이에서
불꽃이 일었다
화재 진압이 늦어진 탓에
불길은 금방 한반도로 크게 확산됐다
섬나라 일본에서도 산발적으로 불꽃이 일었으나
잔치를 앞둔 터라
쉬쉬하는 분위기였다
유럽에서는 동양에서 시작된 불꽃이
옮겨 붙을까
서둘러 동양에서 온 손님들을
문전박대하거나 내쫓으며 터부시했다
그러는 사이
이탈리아에 옮겨붙은 불은
국경 봉쇄에도
문명보다 한 발 더 앞서 도착했다
급기야 그토록 염원했던 동서양의
통일이 어이없이 당겨졌다
이는 누구도 예측하지 못한
문명의 뒤통수였다

성형미인

아가야
너를 위해 새로 준비한 거울이
도착할 때까지
이 세상 모든 거울이 하는 말은
다 거짓이란다
그러니 절대 거울 앞에서
동화에 나오는 주문을 외우지 말거라
네가 기다리는
왕자는 이미 드라마 주인공으로 차출되었고
난 늙었고 넌 젊었으니
우린 서로 다른 시간대를 걷는 여행자
어미가 걸어온 가시밭길은 모두
철거되었으니
너는 꽃길만 걸어라 아가야
거울아 거울아
세상에서 누가 제일 예쁘지?
동화 속 마녀가
세상에서 제일 예쁜 사람을 묻거든
자신 있게 애비와 어미를 부정하거라
세상에서 가장 예쁜 아가야

곧 너의 생일 파티가 시작될 예정이니
단숨에 촛불을 꺼야 한다
파티의 초대 손님은 너를 새로 낳아준 흰 가운에 메스
세상의 모든 동화는 다시 쓰이기 시작했고
나는 이미 니 어미가 아니란다

도토리약국

원인을 알 수 없는 가려움에 찾아간
피부과에서 처방전 한 장 내주며
4층 도토리약국으로 안내한다
꽤 높은 나뭇가지에서
손님을 기다리던 다람쥐 약사가
처방전을 받아들고 조제실로 사라진다
겨울잠 자던 숲속의 고요가
참나무 새싹 움트는 소리에 깨어난다
약상자를 찾아나선 다람쥐 약사는
굴참나무를 지나 상수리나무를 건너뛴다
땅속에 숨겨둔 도토리 지도를 펼쳐놓고
밤새 박박 긁어댄
부스럼 난 수피를 몇 번 오르내리더니
처방전을 써 내려간다
과거 속에 묻어두고 온 약상자에서
알약 몇 개 핀셋으로 꺼내든다
조제실을 나온 다람쥐 약사
조용히 약봉지를 건넨다
봉투에 쓰여 있는
약 복용법을 꼼꼼히 읽어가다

중간에서 툭 끊긴 이야기를 이어갈
깡마른 기억을 휘젓는다

쇼핑 목록

혼자 사는 여자 집에
가끔 남자 손님이
선물상자 하나씩 들고 찾아온다
남자들이 찾아올 때마다
얼굴에 화색이 도는 여자는
신원 확인도 없이 문을 열어준다
남자가 다녀간 뒤로
여자의 입술에 생기가 돈다
며칠 후 방문 예고 문자가 뜨고
얼마 안 되어 다른 남자가 방문한다
부스스했던 여자의 머리가
남자가 다녀간 후 말끔하게 정리된다
다음 남자는 어떤 선물을 들고
여자를 방문할까 궁금증이 증폭되는 사이
세 번째 남자가 등장한다
도무지 내용이 감지되지 않는다
네 번째 남자가 등장한다
알 수 없는 비밀 하나를 간직한 여자가
핏 좋은 청바지로 엉덩이를 한껏 치켜올리며
다섯 번째 남자가 가져다준

뽕긋한 브래지어를 하고
순번조차 기억나지 않는 남자가 주고 간
여우 목도리를 어깨에 두르고
거울 앞에 선다
이미 창밖은
온통 초록빛이다

구드레 산책

아침녘 서쪽에서 날아온 새가
한 페이지를 무심히 펼쳐 읽다가
밑줄을 쫙
그어놓고 날아가면

소나무 아래 숨어 있던 바람이
새가 그려놓고 간 밑줄을
깨끗이 지워놓는다

뚝방에서
이 모습을 지켜보던 들꽃들은
이들의 장난에
고개를 절레절레 흔들다

이십여 년 만에
아무런 맥락 없이 고향에 돌아와
축 처진 그림자 앞세워 나온
나그네 앞에

뚝심 하나로

오백 년 백제 역사 옹골차게
써 내려온 백마강이
보란 듯이
굵은 밑줄을 쫙 그어준다

새로 열린 페이지가
내 눈앞에 환하게 펼쳐진다

실업의 날들

비로소 찾은 자유
밥그릇에 파묻혀 있던 얼굴에 묻은
밥풀때기를 떼어먹으며
하염없이 빗속을 걷는다
앞에 가는 보폭과 뒤따르는 발자국 사이쯤에서
비바람이 자꾸만 부러진 우산 속을 들춘다
가난한 남자도 싫고
찌질한데 착하기만 한 남자는 더 싫으니까
이제 그만 각자 가자
우산 밖 빗방울들이 포물선을 그리며
내 발등에 말줄임표로 굴러떨어진다
누구보다 내 행적에 대해 함구하고 있을
낡은 운동화가
퉁퉁 불은 발에서 모래알을 뱉어낸다
그칠 줄 모르는 빗방울이
강둑을 위협하며 백마강 수위를 부풀리는데
그 와중에 오래 전 패망한 백제와
부여에서 태어난 신동엽 시인을 떠올려가며
괜찮아 다 괜찮아
높이 펼쳐든 우산을 생의 물음표처럼

두 손으로 공손히 받쳐 들고

그칠 줄 모르는 빗속을 하염없이 걸어간다

길다

최후통첩이 날아들었다
전화요금 보험료 연체 문자다

오래 전 남남이 된 사이가
탯줄처럼 아직껏 이어져 있었다니
전화선을 자르고
봉합한 상처를 지우고 왔어야 했다

콩대를 칭칭 감고 올라와
목을 조르는 환삼덩굴처럼
질질 끌고 나온 상처들이
잊어버린 어둔 그림자를 호명한다

부정도 긍정도 할 수 없어
엉거주춤 벌서듯 서서
지금껏 의도치 않은 방향으로 흘러온
내 삶을 응시한다

타인의 기억 속에서
제멋대로 편집되었을 나와

온라인 세상 여기저기에 흘리고 다녔을 내가
어딘가에서
열심히 세포분열 중일지도 모를 일

만난 지 몇 시간 만에 친구가 되어
나와 잠깐 행복한 단꿈을 꿨던 그가
갑자기 저세상으로 가느라 정리하지 못한
페이스북 계정처럼

도대체 어디서 어디까지를
나라고 할 수 있을까?
도처에서 나 아닌
나들이 편집되거나 수집되는

엄마의 자궁이 아닌
빅데이터 속에서
새로운 내가 잉태되는 찰나의 순간이
이토록 길다

아모르 파티

나이든 여자가 혼자 살려면
언제 어떤 약이 필요할지 모른다며
보험설계사가
골고루 챙겨준 약들을 들춰본다

주계약은 사망
보험기간은 팔십까지
죽음이 온갖 특약들을 줄줄이 매달고
암 뇌출혈 심근경색 실손보험까지
옹골지게 챙겨들었다

혹시 모를 내일을 위해 어렵게 구입한
이 약의 효능은 앞으로 30년
유효기간 지나면 아무런 효용이 없으니
약효가 남아 있을 때
눈치껏 죽으라는 은근한 협박이다

아버지가 나를 만들 때
너는 언제까지만 살다오라고
기간을 정해주었으면 좋았으련만

무책임하게 세상에 내던져놓고는
보기에 좋았더라 하시니

세상의 모든 아버지는 다 거짓말쟁이라
하늘에 계신 아버지도
철없을 때 만난 지아비까지
세상 모든 아버지를 부인하게 된 날부터
내 몫으로 주어진 죽음을 소비하느라
날마다 부활 중이다 나는

하마비 下馬碑

내 숨통 틀어쥔 가을빛을 따라
옷깃 파고드는 바람 길에서 만난
성삼문 선생 사당 앞

그냥 지나칠 수 없어
사당에 예를 갖추고
묘역 향해 신도를 올라가는데
누군가 내 발을 붙잡고
놓아주질 않는다

몸부림 끝에
신발에서 겨우 발만 빼내고 보니
돌틈이
구두굽을 경첩처럼 물고 있다

시대의 양심 앞에
사지 육신 다 내어줘도
지켜내기 힘든 것이 절개나 지조인데
어찌 불경스럽게

가슴에서 들리는 호통소리에
얼른 신발 벗어들고
묘역까지 맨발로 걸어올라가
참배하고 내려오다 보니

봉분마저 허물어져가는
이 시대 정치인들의 나약한 지조 앞에
언제 누가 세웠는지 모를
하마비下馬碑가 떡 버티고 서 있다

시론詩論

내가 아는 어떤 시인은
자기가 만나는 모든 사물들에게
입을 달아준다

한낮에 안방 마당까지 몰래 기어든
햇살의 자백을 받아내고
이른 봄 늦잠 자는 목련 가지의 궁둥이를 두들겨
빨리 꽃 피우게 한
바람의 고백을 받아낸다

이쩌다 그의 레이더망에 걸린 사물들은
주파수를 맞춰놓은 라디오처럼
사람 말을 능수능란하게 구사한다

그는 사물의 언어를 해석해주는
통역관인 셈인데
사물들에게 단순히 말만 가르치는 것이 아니라
그동안 자신이 갈고 닦은
온갖 사유와 경험까지도 아낌없이 덜어준다

그가 지금껏
자기 이야기를 직접 드러낸 적은 없었지만
사물들이 모두 그의 시편 속에 들어앉아
감춰둔 그의 속내를
대신 타전하는 중이란다

도마뱀 요리

저한테 왜 그러세요
도마뱀 꼬리를 자르고 나온 것이
왜 제 탓인가요?
위험을 감지한 순간 목숨 같은 하나뿐인 카드를
썼을 뿐이라구요
꼬리에 속아 저를 잡지 못한 것이
억울하세요?
제발 저한테 그러지 마세요
당신들이 제 꼬리를 잘라
멋진 도마뱀 요리를 즐기는 동안
나는 어둔 땅바닥을 기었다구요
제발 부탁인데요
이젠 남은 당신들끼리
죽을 끓여 드시던
출장 요리를 시켜 드시던
간섭할 마음 손톱만큼도 없으니
기호대로 요리해 드시라구요
지금 레시피까지 저한테 요구하는 것은
정말 아니잖아요?

3부

상사화

매일 매일이 만삭이고
나날이 난산인 세월 속에서
실낱같은 기억들을 챙겨 생일상을 차립니다
퇴근길 위장을 틀어쥐고
놓아주지 않던 고소한 냄새에
마른침만 삼켰다는 기억을 버무려
곱창볶음을 만들고
둘 다 좋아하는 홍어찌개에서
하이파이브 했던 손으로
이승과 저승의 경계 지워낼
곰삭은 홍어찌개를 끓이고
또 무엇을 놓을까
마지막에 나눠 마신 복분자 막걸리 한 잔
정성스레 따라 올리며
하늘에서 온 생일 문자를 축문처럼 펼칩니다
주인 잃은 케이크 위에서
초 한 자루로 간신히 버티고 서 있는
우리들의 일일이
건널목 없는 차량 통제구역 안에
작은 불꽃이 되어 피었습니다

지금은 부화 중

속에서 뭔가가 꿈틀거렸나
태동을 느꼈던가
안에서 뭔 일이 일어나고 있는지
잠시 잊고 있던 사이
안에만 가둬두지 말고
나를 좀 꺼내달라고
문 두드리는 녀석이 있다
이마에서부터 굵은 금이 가기 시작하더니
눈 밑으로도 실금들이 자글자글하다
어머니와 아버지가 사랑해서
나를 낳았다는 사실을
확인했으니 유정란인 것은 분명하다
팽팽했던 손등에도 실금이 가고
발등에도 실금들이 늘어난다
금 가는 속도가 빨라지는 사이
부화 온도에 대해 생각한다
적당한 온도와 습도 유지를 위해
특별히 노력한 기억은 없다
속 끓인 날 많았던 기억밖에는
언제 한번 따뜻하게 품어준 기억도 없는데

그래도 한번 기어이 살아보겠다고
저렇게 노크를 해대는 것을 보니
분명 생명력 강한 녀석이
태어나려는가 보다

알을 깨고 나온 새 한 마리
푸드득 날개를 친다

내 생의 백과사전

발뒤꿈치 굳은살이
날카로운 칼날로 서 있다
물에 불려 달래도 보고
우격다짐으로
긁어내 보기도 한다
달래는 것으로도 안 되고
겁을 줘도 안 되는 막무가내 앞에서
굳은살 속에 숨겨놓은
이면도로가 눈앞에 펼쳐진다
표지판도 없는 길이라
풀숲에 갇히거나 웅덩이에 빠졌다가
겨우겨우 기어나왔지만
여전히 어디에도 이정표는 없고
한 발 한 발 내디딜 때마다
쌓인 족적들이
오롯이 나를 떠받치고 섰다

역류성 식도염

안에서 뭔가가 불쑥불쑥
치밀어 올라온다
차마 소화시킬 수 없는
기억이 있다는 듯
지난 날의 나를 통째로 반송한다

수취인불명
자신을 알아보지 못하는
내가 있다

동상이몽

광주 사는 모 시인 출판기념회에서
한 지인이 자꾸만 엄마한테 전화가 온다며
내심 귀찮은 척 전화를 받는다

응 엄마 곧 들어갈게요
옆사람 좀 바꿔달라구요?
얼떨결에 전화를 받아들었는데
아무 기척이 없다

네에 어머니
기다리지 말고 먼저 주무세요
자리끼 필요하시면 넣어드리라고
할게요 네네……

쿵 짝 쿵 짝 쿵 짝을 맞추는 사이
돌아가신 지 10년 넘은 엄마
돌아가실 때 유언대로 휴대폰을 같이 묻어드렸더니
이렇게 술자리에만 나오면
수시로 전화를 걸어온다며 웃는다

아버지 돌아가신 며칠 뒤
마지막 한마디 전하고 싶어
아버지 번호로 전화 걸던 날
내는 잘 지내고 있으니 아무 걱정 말고
니그들이나 몸 성히 잘 지내거라

그리움은 항상
수신만 되고 발신은 안 된다

난독증 1

어딘가를 향해 달리던 중이었습니다
차창 밖 풍경에 마음을 뺏겨 잠시 정차 중에
옆 좌석을 비워놓고 나간 당신이라는
시집을 펼쳤습니다

첫 장은 수월하게 넘겼습니다
차례도 술술 넘어갔습니다
그런데 첫 시부터 도무지 알 수 없는 의미들로
가득 차 있습니다
글씨를 따라 읽다가
사전을 펼쳤다가 다시 되짚어
밑줄을 그어가며 읽다가
동그라미를 쳐보기도 합니다

알듯 모를 듯 알쏭달쏭한 의미에 갇혀
내 발목을 잡았던 풍경이
어느새 책 속으로 휘발됩니다
낯선 잎을 매달고 선 나뭇가지 위에서
알 수 없는 노래를 부르는 새가
이 나무와 저 나무 사이를 옮겨 다닙니다

중간에 합류한 계곡물 소리는 나를 따라오라고
귓전에서 속삭입니다
벼랑 끝에서 불어온 바람은
물소리의 심지를 돋우며
새들을 쫓아내고는
나무의 멱살을 잡아 흔들어댑니다

저는 어느새 책갈피마다 세워놓은 깎아지른
벼랑 끝에 서 있습니다
책장을 덮을 수도
더 읽을 수도 없습니다
페이지마다 숲이고 벼랑입니다
그 사이 찾아온 허기
아침에 먹은 옥수수가 간절합니다

다 먹고 나서
하모니카처럼 입에 대고 불어보는
어린 날의 동요처럼
이 벼랑 끝에 옥수수를 심으면 안 될까요?
그런데 택배 주문한
옥수수는 언제 오나요 아저씨?

난독증 2

계간지 봄호를 타고 온 시인들 입에서
방언이 터져나왔다

믿음이 종잇장보다 얇은 나는
발가락에서 기어나온 쥐를 잡기 위해
콧등에 침을 바른다

묻지도 따지지도 말고
믿는 자에게는 복이 있나니

우울을 방생하다

포수에게 쫓기던 토끼 한 마리
숨을 헐떡이며
내 품으로 숨어들었다
하얗고 부드러운 털뭉치 같은 것이
자꾸만 품속을 파고들었다
털빛을 쓰다듬어주고
가르릉거리는 호흡을 골라주는 사이
평안을 되찾는가 싶더니
멀리서 들리는 포수의 총소리에
품 밖을 뛰쳐나가
깊은 동굴 속으로 숨어버렸다
동굴 밖에서 한참을 기다려도
미동이 없다
죽었는지 살았는지
내내 궁금한 마음이 내 뒤꼭지를
잡아챘지만
털뭉치가 주고 간 온기를 왼쪽 가슴에 부둥켜안고
어두운 산길을 더듬어
사람이 사는 마을로 내려왔다

담적증

공갈빵처럼 부풀어오른 여자
미처 삼키지 못한 사연들을 명치끝에 숨겨놓고
툭하면 가슴을 두드린다
먹고사는 일이 벼랑 같을 때마다
식도를 타고 고봉으로 퍼올리는 기억들을
도로 꾹꾹 삼키다가도
뉴스에서 가정폭력이 보도될 때마다
꾸역꾸역 삼킨 것들이 트림처럼 새나온다
저런 것들은 죄다 쓰레받기에 담아
강물에 빠뜨려버리든지
아니면 우주로 추방시켜버려야 하는디
한 대만 엇나갔어도 쯧쯧쯧
배터지게 운도 좋은 놈
뭐 다른 여자들도 맞으면서 참고 산다고
어디서 조선시대 머슴만도 못한
썩어빠진 논리를 들이대고 지랄이여
아직껏 풀리지 않는 분이
뱃속에서 부글거리는 독기를 뿜어댄다
그래도 내 새끼들 봐서 참어야지
귓바퀴에 걸린 구급차 사이렌 소리가

과민성대장증후군으로 똬리를 튼 지 오래
허겁지겁 찬물에 말아문 찬밥 한 덩어리가
깨진 어금니를 시리게 베어문다

창문수리공

그 남자의 직업은
자폐아들의 닫힌 말문을 열어주는
창문수리공이다
그는 창문수리를 위해
때때로 사다리 타고 하늘에 올라가
별을 따거나 달을 달아놓기도 하면서
수시로 우주와 교신한다
교신 내용은 주로
거실 찍어 보내
주방 찍어 보내
화장실 찍어 보내
때로는 명령어들이 뒤섞여서
쥐 잡아 보내라는 지령이 뜨기도 한다
모든 명령어는 상명하달식이다
지령에 따라 집안 구석구석을
사진에 담는다든가
식당 입구에 설치된 CCTV를
사진에 담아 우주로 전송한다
수시로 하달되는 명령을 따르느라
검시관으로 오해받는 일도 다반사다

하지만 누구도
그가 창문수리공이라는 사실을
눈치채는 사람은 없다
그는 창문 수리 전문가로 명성을 날렸지만
정작 굳게 닫힌 자기 집 창문은
한번도 열지 못했다

환승역

유복자로 태어난 사내
아비 대신 태어났다는 멍에 덮어쓴 채
천덕꾸러기로 보낸 유년

성인이 되어
핏덩이 자식 버려둔 채 팔자 고친
제 어미 찾아갔을 땐
가난에 찌든 어미와
어린 이복 여동생들뿐이라
어미 품에 안긴 이복동생들 키워내느라
오십 넘도록 총각 딱지 떼지 못하더니
설움과 분노 제때 걸러내지 못해
피 걸러넣는 환자로 산 지 칠 년여 세월

언제일지 모를 신장이식 대기 순번이
한 자리 숫자로 바뀌면서
금방이라도 제 이름 호명될 것만 같아
꿈에서도 전화기를 내려놓지 못한다
전화벨이 울릴 때마다
혹시나 기대 걸어보길 수십 번

얼마나 더 기다릴 수 있을까
그 사이 종착역으로 떠난 환우들
손으로 꼽아보며

실낱같은 희망의 끈 놓을 수 없어
생사의 갈림길에서
낯모를 누군가와 바꿔 타야 하는
종착역을 알 수 없는
버스 안에서
퉁퉁 부은 발만 동동 굴러댄다

동침

가을하늘이
살그머니
우리 집 거실에 들어와 누웠다

나도 그 곁에 새색시처럼
살포시 눕는다

눈 밝은 고추잠자리
슬며시 내 옆자릴 엿보고 간다

동행

자정 넘은 시간
행복아파트 107동 17층 사내는
비슷한 시간대에 어김없이 상영되는
심야 영화에 초대된다

오늘 밤 여배우 대사 강도로 봐서
저녁에 소주 한 잔 걸친 것이 분명하다
스토리 전개 대신 음향효과를
최대한 살려준 감독의 배려는
참으로 눈물겹다

젊은 남자 따라 나간 여편네 대신
홀아비 십 년
딸 둘 키워낸 아래층 사내의
구멍난 속옷에 구멍에 대한 배려는 전무하다

다만 이 집 안방 천장에 붙여놓은
심야 영화 함구령만이
유효기간이 지난 영화표처럼
낡아가는 중이다

독백

잔설이 채 녹지 않은
겨울 끝자락

자연의 순리를 거스르며
억지로 봉오리를 벌리려 한
진눈깨비에 대한 고발이
속수무책 난무한다

기상이변이 휩쓸고 간
비인가 눈인가

분간하기 어려운 참변 뒤에
여기저기서 나도 나도

손드는 꽃들의 고백

들불

자그만한 불씨가 지펴졌다 꺼질 듯 꺼질 듯 그 세를 확장해가던 불씨는 불꽃이 되어 온 들판으로 번져나갔다 어디서부터 불씨가 타오를지 몰라 전 국토가 지뢰밭이다 또 어디에서 터질까 서로가 서로를 의심했다 한쪽 귀퉁이에서는 가슴을 쓸어내리는 사람들도 있었다 검찰에서 시단에서 연극판에서 종교계에서 정치계에서 학교에서 어느 곳 하나 화마의 기운이 느껴지지 않는 곳이 없었다 불꽃이 번질 때마다 매캐한 연기 때문에 숨조차 쉬기 어려웠다 먼 산 불구경하듯 누구 하나 나서서 불씨를 진압하려는 사람은 없었다 다만 더 큰 화재가 일어나지 않기를 빌고 또 빌었다 신들마저 모두 동맹휴업에 들었는지 아무런 응답도 없었다 소방서들도 문을 굳게 걸어잠갔다 세상에서 가장 재미있다는 불구경 싸움구경이라는 말은 자취를 감추었다

비무장지대에서 불어오는 봄바람조차도 번져가는 들불을 꺼뜨리지는 못했다

기투企投

입이 사라졌다
버젓이 입을 내놓고
잘 발효된 술 냄새까지 풍기며
버스에 오른 사내가
버스에서 추방당했다
창조주마저 태초에 말로
천지를 창조했다고 하니
피조물들은 그 아버지를 닮아
온갖 말로서 세상을 교란시켰다
말 못하는 사람이 그린 자화상에는
커다란 손에 쫑긋한 귀
잘 보이지 않는 입을 그려
앞으로 도래할 세상을 예언했다

4부

번아웃증후군

숲에서 날아온 톱밥들이
모니터 화면 속을 뛰어다닌다

그녀는 하루 종일 나무들이 뱉어낸
톱밥을 줍느라
쉴 새 없이 손가락을 움직인다

커서가 움직일 때마다
산에서 불어온 바람이 톱밥을 뭉쳐
나무의 춤과 자유를 복원시킨다

잘 교정된 톱밥들이
나뭇잎을 주렁주렁 매단 채
모니터 밖으로 탈출한다

정작 그녀는
자기 자신은 모니터 속에
가둬놓은 채
서둘러 퇴근 가방을 챙겨
달아난다

향일암

일천팔십 계단
뛰어올라
무거운 짐
다 벗어던져야

겨우 제 한 몸
빠져나갈 공간만큼
허락되는 길

바위틈으로 난
길 입구부터
발목 잡는 목탁 소리

온갖 번뇌
망상 깨뜨려라
주문을 외워댄다

한 발 더
앞으로 나아갈 수도
뒷걸음질할 수도 없는

열망의 끝
꼭 여며맨 암자

대웅전에
저녁 공양 바치고 나오는
비구니 앞에

아랫마을에
탁발 나갔다온 석양이
바다 위에
피곤한 몸 누인다

안부 1

애야
내가 며칠 쉬었다고 니 아버지
봉분에 잡풀이 우거졌더라
종일 매달려 풀을 뽑았더니
입안이 다 헐었시야

땅이 얼었다 풀렸다 해서 봉분이
자꾸 무너지려고 하잖여
그래서 발로 찼다가 끌어안고
다독다독하다가
다시 손으로 쓰다듬었다가
하면서 풀을 뽑았더니
몸살이 안 났겄냐

그란디 니 아빠
양심도 없는지 고맙다는 말도 안 하더라
이제 나도 힘들어서 안 되겠어야
내년부터는 풀 약 쳐야쓰겄다

엄마 그것이 다

아빠가 엄마 보고 싶다고
풀 키워서 안부를 전하는 것인디
약을 치면 쓰것어유

한번씩 찾아가서 끌어안아주고
발로 차주고 그래야
에고 우리 마누라 아직 힘이 있구나
할 것 아니것슈?

안부 2

수술실로 향하는
육십은 넘어 보이는 딸이
친정엄마한테 전화를 건다

엄마 머리 감으셨다면서요
자식들 생각한다고 혼자 머리 감다
넘어져 다치면 어쩌시려고요

엄마를 버리러
자궁 적출하러 가는 딸이
안간힘으로 붙잡고 싶었던 엄마

날아가는 새똥에 맞을 확률

분초 다투는 업무에 정신이 온통
팔린 한낮

낯선 번호로 뜬 다급한 문자 한 통
엄마 바빠?
누군데 아들? 딸?
아들
부탁이 있어 엄마
바빠 뭔데?

시어미 등에 업혀나온 애 울음소리에
김매던 논에서 뛰어나와
허겁지겁 새끼 입에 젖 물리는 에미처럼
카드 들고 농협 창구로 뛰어간다

여자들

산부인과 병동 718호실
커튼으로 봉쇄된 다섯 개의 침상
막 엄마를 들어낸 오른쪽 침상에서
새어나온 신음소리가
병실 바닥을 훑고 다닌다
수술 순번을 기다리는
부부의 소곤거림이 귓불을 잡아당긴다
왼편 침상에 멈춰 서는 발자국 소리
관장약 넣었으니까
꾹 참았다 못 참을 때 가세요
바로 가면 안 돼요
배뇨감을 최대한 참고 있을 아내를 위해
살뜰히 모은 소변통을
비우러 가는 남자의 발소리 뒤에
엉덩이에 힘 꽉 주고 참아내는 여자가 있다
반대편 침상에는
수술실로 향하는 아내 손을 꼭 부여잡고
원죄를 고백하는 사내가 있다
두 침상 대각선 구석에
아직 어린 딸

보호자로 앞세우고 들어와
밤새 입술이 바싹바싹 마른 여자가
저 혼자 씩씩하게 수술실로
끌려간다

내력

몇 번의 폭력과 한번의 별거
태극기 대문에 꽂는 마음으로
현관문에 0815*을 입력했다
안으로 들어갈 때마다
대한독립 만세 소리 들리는
독립의 기쁨이 가라앉을 즈음
아들 딸 떨궈낸 날을 기념해
10241102*로 정했다
나중에 나온 딸 다음에 아들
항상 돌아가는 길은 역순이다
가끔씩 딸이 먼저인가
아들이 먼저인가 헷갈리다가
경보음 소리에 도둑으로 오해받기도 몇 차례
나라 잃은 슬픔처럼
자식 두고 나온 에미에서 탈출하기 위해
08151024*로 바꿨다
정월 대보름에 태어난 엄마와 내 몸 빌어
밖으로 나온 딸
한번도 오롯이 나였던 적 없어
안에서 문 걸어 잠그고 봉인한

엄마와 딸 사이에 낀
여우도 못 된 곰 한 마리

반성문을 쓰다

아버지 먼저 보내고
쓸쓸해하는 엄마 앞에 못 마신다는 술상
굳이 차려들고 들어가
소주병 따듯 세 사람 사이에 봉인된
비밀의 매듭을 푼다

주인 발소리를 듣고 벼가 영글어간다는
뜨거운 여름날
논밭에 있어야 할 엄니 아버지
6인실 병상 하나를 떡하니
차지하고 누웠것다
아따 주삿바늘 들고 수시로 들락거리는
딸 같은 간호사 눈도 있는디
낯 뜨거워쓰간디

오랜 병원 생활에
금방 분 바른 듯 뽀샤시해진 마누라가
곁에 있어도
맘대로 한번 안아볼 수도 없는 노릇이니
고것이 커튼으로

가린다고 가려질 일도 아니고
아버지 속이 여름 논바닥 갈라지듯
바짝바짝 탔던 거라

얼른 환자복 입은 엄니 손 잡아끌고
병원 근처 모텔을 찾았던 거라
방 없다는 말에
선걸음에 딸네 집으로 방향을 틀 때만 해도
몇 해 묵혀둔 논 쟁기질 하듯이
마누라 한번
힘껏 껴안아볼 참이었는디
하나뿐인 딸년이 통풍엔 술이 쥐약이라고
애써 잡은 바람을 쫙 뺐던 거라
점잖은 체면에
조용히 병실 침대로 돌아온
그날 이후로
엄마 곁에 한번도 안 가고 저세상 가셨다니

금방이라도 젊은 아버지가
엄니 방문을 꽝 열어젖힐 것만 같은 한낮

속이 훤히 비치는 유리병에 야관문 한 줌과
소주를 가득 붓고
한눈파는 엄마 몰래
유리병을 살짝 흔들어놓는다
소주와 잘 마른 야관문이 병 속에서
자연스럽게 엉켜든다

참을 수 없는 가려움

수술실 입성
양 다리와 팔을 묶는다
핀셋에 꽂힌 액자 속 나비가 된 순간
초등학교 때 못 끝낸 실과 방학숙제가
쉰 살 봄날의 발목을 잡는다

생로병사 1
—환생

생의 중력에 눌려
자라다 만 작달막한 키에
험준한 산맥들을
얼굴에 빼곡히 새겨넣은 정림 여사

내가 저를 어떻게 키웠는데
그 놈이 나보고 씨부랄넌 나가 뒈지래잖어
아침마다 눈물콧물로 발 동동 구르며
생의 주파수를 맞춘다

지식 딸린 홀아비 만나
전처 자식 끌어안고 호호 불며 살았더니
이제 병들고 쓸모없어졌다고
나가 뒈지라는 싸가지 없는 놈이 어딨냐고
펄쩍펄쩍 뛰며 울부짖는다

젊어서는 그렇게 정갈하던 사람이
슬그머니 찾아온 치매에
이웃집 고추밭 콩밭 앞자락에 다 훑어내다가
도심 변두리까지 떠밀려왔다더니

주방세제로 구운 계란 프라이
미원 쏟아부은 된장국에 쫓겨나와
아기 하나 낳아보는 것이 소원이었다고
깊은 속내 풀어내던 날

두 손 든, 양아들 등살에 떠밀려
요양원 간다

생로병사 2
—버퍼링

하루 종일
연애 소설 누런 페이지 속에서
술래잡기하던 할머니가
자전 소설 첫 페이지를 읽어준다

스물하나에 안동서 꽃가마 타고 왔는데
아들 하나 낳고 남편이 바로 죽었어
한여름에 민소매옷 짧은 치마도 못 입고
시부모님하고 아들 하나 키우며 살다보니
아흔셋이나 됐어

시부모 무서워 웃는 법도 잊어버렸어
몇 곡 알았던 노래도 기억이 안 나
그래도 내가 여기서 밥도 먹고
놀다가고 그러는데 돈은 내야 되잖아?

기초생활 수급자라 무료라는 말은 차마 못하고
아까 그 대학교수 아드님이 다 내고 갔어요

선생님

그런데 여기가 어디여
나 을지로 가야 하는데
우리 아들이 서울에 있는 대학에서
사학과 교수야
아들 만나러 가야 되는데
을지로 가려면 어디서 버스를 타야 돼?

하루에 몇 번씩 들락거리는
정신줄에 매달려
소설 속 여주인공이 살던 을지로5가를
하루도 빠짐없이 다녀오신다

생로병사 3
—잔설殘雪을 녹이다

주간보호센터에 오시는
아흔다섯 구름이 할머니
누에고치가 실을 뽑듯
종갓집 종부의 이력을 풀어낸다
선생님
내 호적에 자식이 열둘이여
내가 낳은 자식은 여섯이고
나머지 여섯은 둘째, 셋째, 넷째 마누라가
낳은 자식들이여
그뿐인 줄 알어?
둘째 셋째 여편네는 내 손으로
장례까지 치러줬당께
서방인가 남방인가 하는 놈이
떡하니 둘째를 차고 들어와서는
나한테 큰절을 시키는 거여
그 뒤로 절을 두 번 더 받았는디
암튼 그 서방이 한 가지 규칙만큼은 꼭 지켰당께
작은 여편네 집에 갈 때마다
자기 두루마기를 나한테 다리라는겨
그거 하나만큼은 꼭 내 손에 맡겼어

시뻘건 숯불을 다리미에 꾹꾹 담아
구불구불한 길을 반듯반듯 펴놓고
옷고름에는 시퍼런 날을 세웠어
선생님
그런디 아직 봄은 멀었당가?

생로병사 4
— 민들레 홀씨 되어

어렵게 얻은 자식 하나
앞서 보내고
혈혈단신 홀로 남아
목사님 집에 얹혀사는 이쁜이 할머니

옆집 김 할머니가
남편이 사준 새 옷 입고 와
뽐내는 모습 지그시 바라본다

김 할머니는 남편 있어 좋겠네
우리 이쁜이 할머님도 남편 하나 사다드릴까?

기다렸다는 듯
TV를 가리키며 저기에 멋진 사람 많아

딱 한 놈만 찍으면
밤에 신랑으로 보쌈해드린댔더니
조용히 점심밥을 덜어낸다

많이 먹으면 살찔까봐 그래

생로병사 5
—입덧

구름이 할머니
큰아들 제삿날 즈음이면 입맛 없다며
식음 전폐하고

하루에도 몇 번씩
화장실 들락거리며 속을 다 게워낸다

큰아들 임신했을 때
개복숭아를 많이 따먹었어
신걸 좀 먹으면 입맛이 돌아올 것 같어

계속 헛구역질하는 걸 보니
울 할머니
아들이 밤새 몰래 놓아준 돌다리 건너
건넛마을 애인 만나고 오셨어요?

몰러
노인네 업어갈 사람도 없고 해서
어젯밤에 문단속도 안 하고 잤는디

생로병사 6
—공범

한밤중에 아들 내외 자는
방문 앞 서성이다
화장실 가는 아들 바짓가랑이 붙잡고
저기 혼자 사남유? 그럼 저랑 같이 살아유?
아버지 얼굴도 모르고 자라
어느새 육순 바라보는 아들은
여보 어디 갔다 이제 왔남유
묻는 치매 걸린 어미 말에
지아비 먼저 보낸 젊은 아낙의
긴긴 독수공방을 상상하다가
늦어서 미안햐
무심하게 한마디 툭 던져놓고는
어미 방 화목보일러에 애매한 장작만
미어터지게 밀어넣는다

묵묘

누군가를 쫓아간 어둠 속 외딴 골목
중심 잃고 삐끗 넘어진 사이
봉긋하게 솟아난 내 마음의 무덤 하나

그 흔한 억새풀도
켜켜이 쌓인 낙엽의 온기도 없이
진달래 두어 그루 애잔하게 피었다 지는
봄날의 기억마저 다 지워진 자리

이름 모를 산새 한 마리 날아와
슬픈 노래 한 곡조 울다 훌쩍 날아간 뒤
홀로 견디다 조금씩 무너져 내린 둔덕

지척에 두고도 한번 돌아보지 못했고
엎드려 울어볼 사이도 없었던
희미하게 사라져가는 기억의 언저리에서

어느새 내 생의 무게에 밟히고 눌려
평지로 돌아가는 지금

■ 해설

자아의 계보학 혹은 낙관적 리얼리즘

— 조용숙 시집 『어디서 어디까지를 나라고 할까』 읽기

오민석/ 문학평론가, 단국대 교수

I

제목에서도 드러나지만, 이 시집에서 조용숙 시인의 주요 작업은 자아의 계보를 탐구하는 것이다. 그것은 "당산나무"로 상징되는 먼 과거, 전통, 그리고 앞세대로부터 이어져 내려오는 집단무의식에서 시작하여, '연체고지서'가 상징하는 현재의 삶, 그리고 요양원이나 주간보호센터 노인들의 삶에서 예기豫期되는 미래를 들여다보는 일로 구성된다.

자아는 중층적 관계와 경험의 산물이다. 부모를 포함한 선대先代의 서사들은 자아를 구성하는 일차적인 질료들이다. 모든 개체는 상위 단위의 후산물後產物이며, 상위 개체들의 삶은 일종의 행렬matrix처럼 하위 단위의 패턴을 설계한다. 하위 단위의 개체는 집단무의식으로 자기 안에 들어와 있는 선대의 목소리, 그리고 자신에게 주어진 새로운 환경과의 대화를 통하여 자아를 형성해 나간다. 그것은 때로 자신의 삶의 잠재성인 상위 단위의 행렬과 부딪히기도 하

고 그것에 저항하기도 한다. 그러나 조용숙은 선대의 목소리를 거부하지 않고, 그것을 안으로 끌어들여 자신의 시의 출발점으로 삼는다.

가슴팍이 쩍쩍 갈라진 당산나무를
죽을 힘껏 껴안았다
나무를 칭칭 감고 있던 비단뱀 한 마리
내 몸속으로 들어왔다
추운 겨울 내내 얼어붙은 몸속에서 꿈틀거리더니
이른 봄만 되면
나는, 시퍼런 물을 게워내며 입덧을 한다

—「나이테」 부분

"당산나무"는 오랜 역사와 집단성과 중심성, 그리고 주술성을 가진 나무이다. 그것은 선대의 문화와 종교와 소망과 고통을 상징하는 거대한 덩어리이다. 시인은 그것을 "칭칭 감고 있던 비단뱀 한 마리"가 자신의 "몸속"으로 들어왔다고 고백한다. 이런 발설은 거대한 집단무의식을 수용하는 주체의 의식 혹은 무의식을 드러낸다. 조용숙 시인의 최초의 '자아'는 이렇게 자기 안에 들어온 집단적 주체에 의해 형성된다.

시인이 시를 쓰는 일은 그것과의 대화(시인의 몸속에서의 꿈틀거림)를 통해 새로운 서사를 출산("입덧")하는 것이다. 그것이 "시퍼런 물"의 형태를 보이는 것은 집단무의식과의 대화가 거대한 생명성을 가지고 있기 때문이다. 집단무의식은 개체의 몸으로 들어와 새로운 집단성을 형성하며 "나이테"를 키워간다. 그러므로 개체들은 확산되는 집단무의식의 거대한 파장에 흩뿌려진 다양한 점들이다. 조용숙의 시적 안테나는 이렇게 자신의 기원을 민감하게 포획한다.

장미꽃으로 돈다발을 만들거나
두루마리 화장지에 콧김 불어넣어
비둘기 날려보내는
믹싱 기술은
흉내도 못내는 그냥 토종입니다

풍미와 향을 돋워주는 톡 쏘는 향신료나
오감을 깨우는 조미료도 쓸 줄 모릅니다

혹, 집밥 그리우면 언제라도 편히 찾아오세요

참나무 숯불에서 막 구워낸 굴비 한 마리
할머니 손맛에 푹 삭은 된장에
원만한 것은 다 품은 호박잎 쌈도 올리겠습니다

자연이 준 가정식 요리를 먹고 자랐어도
어디 가서 크게 버릇없다는 소리는 안 들었습니다
그 음식 먹고 크게 앓아누워본 적도 없습니다

까짓 아껴둔 씨암탉도 잡아 드리지요 뭐

—「내 시의 레시피」 부분

그는 자신의 시를 "장미꽃", "돈다발", "향신료"와 대척점에 있는 "토종", "집밥"의 "레시피"에 비유한다. 이것은 그의 시가 수사적 장식으로 가득 찬 '모더니즘'이 아니라, 토속적이고도 일상적인 경험에 뿌리박은 '리얼리즘'임을 보여준다. 그리하여 그의 시선은 인간의 내면보다는 외적 현실에가 있고, 그 외적 현실은 끊임없이 변화하는 역사적 시간 위에서 전개된다. 그것은 과거-현재-미래의 유기적 끈 위에서 움직이되, 추상이 아니라 구체, 관념이 아니라 경험의 언어로 옷을 입는다. 그는 언어 자체보다는 언어가 지시하는 현실에 더 무게를 둔다. 그러므로 독자들은 그의 언어가 아니라 그의 언어가 지시하는 현실에 주목한다.

II

그의 시에 가장 자주 등장하는 인물들은 아버지와 어머니이다. 이는 그의 자아에 가장 큰 영향력을 행사한 사람들이 바로 그들이기 때문이다. 부모는 집단무의식의 유구한 역사에서 가장 직접적이고도 가까운 현재이다. 그는 부모에 관한 서사를 통해 자신의 계보학을 탐구한다.

당산 기도 삼 년 만에 세상에
나왔다는 아버지
어느 별에서 떠돌다가

시골 아낙의 간절한 기도에 헛발 디뎌
세속으로 낙하한 하늘의 아들이었나?
온누리에 사랑과 친절을 베푸시니
항상 주머니를 가벼이 여기셨다
그러다가도 문득문득
고향에서 들려오는 하늘의 음성을 들었는지
집 안 깊숙이 숨겨둔 인감도장을 찾아내어
보증을 구걸하는 사람들을 위해
은총을 베푸사
밀린 십일조를 한꺼번에 헌납하셨다
가난한 자는 복이 있나니
천국이 저희 것이로다
취중에 십일조를 바친 나일론 신자 아버지가
남은 재산을 몽땅 들어 받치고
귀향길에 오르시니
이 땅에 남겨진 자식들에게
싸움의 불씨가 될 유산 대신 빚만 남기신지라
삼우제 치르고 상속포기 각서부터 작성하니
홀로 남은 엄마에 대한 효성으로
온누리에 평화와 우애가 가득하였다 하더라

—「위대한 유산」 전문

이 시에서 우선 확인할 수 있는 것은 아버지의 계보가 “당산 기도”에서 이어져 내려왔다는 것이다. 그러므로 아버지는 거대한 집단무의식의 마지막 층위에서 시인과 이어지는 존재이다. 중요한 것은 보증을 잘못 서서 전 재산을 날린 아버지를 대하는 화자의 태도이다. 화자는 그런 아버지에게 전혀 분노하지 않는다. 화자는 아버지의 실수를 경쾌하고 코믹하게 풍자한다. 화자에게 아버지는 극복이나 저항의 대상이 아니다. 화자에게 오이디푸스 콤플렉스 따위는 전혀 없다.

오히려 아버지의 실책 덕에, 남은 가족이 유산 때문에 싸울 일이 없고, "홀로 남은 엄마에 대한 효성으로/ 온누리에 평화와 우애가 가득하였다"고 선언하는 이 낙관적인 배짱이야말로 사람과 세상을 품는 시인의 큰 품을 보여준다. 조용숙은 어머니의 녹록치 않은 일대기를 다루면서도 「엄마를 팝니다」라는 도발적인 제목을 붙여 넉넉한 관용과 낙관의 자신감을 보여준다.

요즘 뭔 바람이 들었는지
내 비록 늙은 몸이다마는 나 하나 부잣집에 팔아
너희 사남매 걱정 없이 살 수만 있다면
나는 어떻게 되든 상관없다

당신 먼저 가 있으면
뒤따라가겠다고 한 몇 년 전 약속은
자식들 핑계로 오리발 내민 지 오래입니다

비록 외형은 말라비틀어진 곶감 같지만

무릎 꿇고 꽃다발 바치며 청혼 반지 끼워줄
황혼의 로맨티스트 앞에서는
스무 살 볼 빨간 소녀입니다

(중략)

농사일에 약초까지 캐서 사남매 잘 건사하느라
무릎관절 목디스크 척추협착증까지
유효기간은 장담할 수 없지만
남은 시간 AS 가능하고

세상에 둘도 없는 효자 큰아들
엄마 일이면 무조건 만사 제치고 달려오는
육군 상사 막내아들
살 생기고 능력 있는 둘째 아들
그리고 좀 모자라지만
엄마 마음 잘 헤아리는 무명 시인 딸 하나
모두 덤입니다

서두르세요
시간이 얼마 남지 않은 한정판입니다

—「엄마를 팝니다」 부분

보는 각도에 따라 심각한 슬픔과 고통이 될 수도 있는 일

을, 시인은 이렇게 강인하고도 민중적인 낙관의 넉넉한 시선으로 읽는다. 선대와 관련된 조용숙의 이런 태도에서 우리는 현재를 살아가는 시인의 '자아'가 어떤 것인지 짐작할 수 있다.

온갖 세상풍파 다 견뎌낸 지금도
평소엔 순둥순둥 웬만한 것은 잘 받아넘기는
순한 성품이다가
한번 이치에 어긋난다 싶으면
여과 없이 발랑 뒤집히는 천성이라니

천 년을 물속에서 견디다
승천 순간을 들켜 이무기가 되었다는 용처럼
무심히 내 삶의 의지를 배반하는 사주팔자 앞에서는
태초에 엄마 뱃속에서 익힌 발길질로
똑똑히 보란 듯이
하늘을 향해 발차기를 날린다

—「물구나무서기」 부분

가끔 등장하긴 하지만(「우울을 방생하다」), 그의 시에서 모더니스트들의 브랜드인 '절망', '우울', '좌절' 등의 기표들은 주류가 아니다. 그의 시에는 심리적 왜곡 대신에 정직한 '행동'이 전경화前景化된다. "세상풍파"를 그는 주관주의적 관념으로 왜곡하지 않는다. 그는 객관 현실objective reality을

객관적으로 대할 줄 아는 행동주의자이다. 그는 객관성을 주관성으로 오도하지 않으며, 객관 현실의 운동법칙을 정면으로 응시하며 몸으로 그것에 응수한다. 그리고 그의 이런 태도는 선대로부터 이어져 내려온 집단무의식의 산물이다. "태초에 엄마 뱃속에서 익힌 발길질"이라는 표현이야말로 자신에게 이어 내려온 집단무의식을 마다하지 않고 적극적으로 수용하는 시인의 태도를 잘 보여준다.

Ⅲ

아무리 대범할지라도 그에게도 일상적인 고통이 없을 리 만무하다. 「실업의 날들」, 「그날이 오면」, 「아모르 파티」, 「길다」 같은 작품들은 생계의 위기에서 "시한부 수인"(「그날이 오면」)으로서 살아가는 소시민적 자아를 여실히 보여준다.

1년 계약직 사회복지사 면접
합격자 발표날

소녀에게는 아직 한 달 반의
실업급여가 남아 있사옵니다
한껏 여유를 가장한 얼굴로 꼭두새벽부터
합격 통지서를 기다린다

떨어지거나 붙거나
알 수 없는 변곡점 앞에서
1년 시한부 수인을 자청하며 스스로를

가두는 시간

탈옥을 꿈꾸기엔
대출 고지서를 피해 몰래 숨어 있을
비밀의 방이 나에겐 아직 없다

—「그날이 오면」 전문

현재의 삶을 보여주는 이런 시들은 그의 '자아의 계보학'의 중간 지점의 모습이다. 이 시집의 뒷부분에 실린 여섯 편의 「생로병사」 연작시는 당산나무에서 소시민적 자아를 거친 자아가 도달할 수 있는 잠재적 미래의 풍경을 드러낸다.

이 연작시에는 요양원이나 보호센터에서 '생로병사'의 마지막 정거장에 있는 노인들의 모습을 보여준다. 집단적 무의식의 창고인 선대의 삶(당산나무)에서 시작된 자아가 소시민적 자아를 거쳐 마침내 도달할 곳은 어디인가. 「생로병사」 연작시는 물론 시인 조용숙의 삶이 아니다. 그러나 그가 보여주는, 삶의 종점에 있는 노인들의 풍경은, 시인 자신을 포함해 21세기를 살아가는 대한민국 시민들의 잠재적 자아에 대한 유비類比 analogy가 아니고 무엇인가.

한밤중에 아들 내외 자는
방문 앞 서성이다
화장실 가는 아들 바짓가랑이 붙잡고
저기 혼자 사남유? 그럼 저랑 같이 살아유?
아버지 얼굴도 모르고 자라

어느새 육순 바라보는 아들은
여보 어디 갔다 이제 왔남유
묻는 치매 걸린 어미 말에
지아비 먼저 보낸 젊은 아낙의
긴긴 독수공방을 상상하다가
늦어서 미안햐
무심하게 한마디 툭 던져놓고는
어미 방 화목보일러에 애매한 장작만
미어터지게 밀어넣는다

—「생로병사 6—공범」 전문

조용숙 시인이 「생로병사」 연작시 여섯 편을 시집의 뒷부분에 배치해 가난과 치매 등 질병 속에서 생을 마감해가는 모습들을 보여주는 것은 매우 의도적이다. 그는 이 연작시들에서 인생의 종점에 대한 매우 사실적인 묘사를 통해 자아의 계보학이 도달할 수밖에 없는 치명적인 미래를 그리고 있다.

구름이 할머니
큰아들 제삿날 즈음이면 입맛 없다며
식음 전폐하고

하루에도 몇 번씩
화장실 들락거리며 속을 다 게워낸다

큰아들 임신했을 때
개복숭아를 많이 따먹었어
신걸 좀 먹으면 입맛이 돌아올 것 같어

계속 헛구역질하는 걸 보니
울 할머니
아들이 밤새 몰래 놓아준 돌다리 건너
건넛마을 애인 만나고 오셨어요?

몰러
노인네 업어갈 사람도 없고 해서
어젯밤에 문단속도 안 하고 잤는디

—「생로병사 5 — 입덧」 전문

그러나 조용숙 시인은, 이 작품에서도 확인할 수 있듯이, 슬픈 미래를 그릴 때조차도 낙관적 유머를 잃지 않는다. 이 넓은 품은, 선대로부터 현재를 거쳐 미래에까지 이어지는 삶의 고통을 대하는 시인의 웅숭깊은 자아를 보여준다. 그리고 이런 자아는 고난 속에서도 불굴의 웃음과 낙관적 정신으로 역사를 헤쳐온 민중적 자아의 모습이기도 하다. 리얼리스트답게 조용숙의 자아 탐구는 이렇게 '바깥'과의 폭넓은 관계 속에서 완성된다. 이 시집은 그런 아름답고 서늘한 서사들의 모음이다.

현대시세계 시인선 **122**

어디서 어디까지를 나라고 할까

지은이_ 조용숙
펴낸이_ 조현석
기 획_ 고영, 박후기
펴낸곳_ 북인
디자인_ 푸른영토

1판 1쇄_ 2020년 11월 06일
출판등록번호_ 313 - 2004 - 000111
주소_ 121 - 842 서울 마포구 서교동 467 - 4, 301호
전화_ 02 - 323 - 7767
팩스_ 02 - 323 - 7845

ISBN 979-11-6512-122-8 03810

이 도서의 국립중앙도서관 출판예정도서목록(CIP)은 서지정보유통지원시스템 홈페이지(http://seoji.nl.go.kr)와 국가자료종합목록시스템(http://www.nl.go.kr/kolisnet)에서 이용하실 수 있습니다. (CIP제어번호 : CIP2020044538)

이 시집은 충남문화재단에서 출간비 일부를 지원받았습니다.

책값은 뒤표지에 있습니다.